UN
CHANCELIER DE FRANCE

SOUS CHARLES VI

HENRI DE MARLE

PAR

RAIMOND VAN MARLE

DOCTEUR DE L'UNIVERSITÉ DE PARIS

PARIS
LIBRAIRIE ANCIENNE HONORÉ CHAMPION
ÉDITEUR
5, QUAI MALAQUAIS

1910

UN
CHANCELIER DE FRANCE

SOUS CHARLES VI

HENRI DE MARLE

PAR

RAIMOND VAN MARLE

DOCTEUR DE L'UNIVERSITÉ DE PARIS

PARIS

LIBRAIRIE ANCIENNE HONORÉ CHAMPION

ÉDITEUR

5, QUAI MALAQUAIS

—

1910

Bibliothèque Nationale : département des estampes.

UN

CHANCELIER DE FRANCE

SOUS CHARLES VI

HENRI DE MARLE

PRÉFACE

Aucun travail particulier n'a été jusqu'ici consacré à Henri de Marle, et pourtant ce personnage a joué sous Charles VI un rôle capital : premier président au parlement, chancelier du royaume, mêlé à toutes les négociations politiques ou religieuses, il demeura toujours le serviteur fidèle de la royauté, il combattit le parti bourguignon, et attira ainsi sur lui des haines dont il devait finir par tomber victime.

Malheureusement, bien des points restent obscurs dans la vie d'Henri de Marle, surtout pour les débuts de sa carrière, et faute de documents, il ne nous a pas été possible de les préciser.

Ici, laissant de côté tant l'histoire générale du règne de Charles VI que l'étude des institutions (parlement et chancellerie), nous nous sommes simplement efforcés de réunir ce qu'on peut connaître d'Henri de Marle, estimant que ce personnage méritait plus que quelques mentions disséminées, perdues dans l'histoire générale de son temps.

Paris, 1910.

BIBLIOGRAPHIE

SOURCES MANUSCRITES

La série des registres du Parlement, aux Archives nationales, nous a fourni le plus grand nombre de renseignements. Nous avons principalement consulté :

X^{1a} 1471, 1475, 1477, 1478, 1479, 1480, 1484, 1503, 4785, 4786.
X^{2a} 12, 14.
X^1_c 61, 62.

Nous avons également trouvé des indications intéressantes dans

J 517, 518, 426.
JJ 87, 172.
KK 15, 35.
MM 818, 821.
P 2298.

La série CC des Archives municipales de Laon nous a fait connaître deux quittances concernant Henri de Marle avocat.

A la Bibliothèque nationale, outre quelques renseignements pris dans le Fonds Dupuy, n° 135, et dans les tables de Lenain (Nouv. acq. franç., 8325, 8333, 8334) nous avons utilisé les recueils du Cabinet des titres :

Pièces originales, 1845, 1858, 1860, 2235.
Dossiers bleus, 429,
Cabinet d'Hozier, 228.

SOURCES IMPRIMÉES ET OUVRAGES DIVERS

Aubert. *Le Parlement de Paris de Philippe le Bel à Charles VII, son organi-sation (1314-1422)*. Paris, 1886, in-8.

Aubert. *Histoire du Parlement de Paris de l'origine à François Ier (1250-1555)*. Paris, 1894, 2 vol. in-8.

Anselme. *Histoire généalogique et chronologique de la maison royale de France.* Paris, 1726-1733, 9 vol. in-fol.

Baye (N. de). *Journal de Nicolas de Baye, greffier du parlement de Paris (1400-1417)*, éd. par Tuetey (Société de l'histoire de France). Paris, 1885, 2 vol. in-8.

Besse. *Recueil de diverses pièces servant à l'histoire de Charles VI*. Paris, 1660, in-4.

Blanchard. *Les présidents à mortier du parlement de Paris*. Paris, 1647, in-fol.

Chenaye-Des Bois. *Dictionnaire de la noblesse*. Paris, 1776, 15 vol. in-4.

Coville. *Les Cabochiens et l'ordonnance de 1413*. Paris, 1888, in-8.

Coville. *L'Ordonnance cabochienne*. Paris, 1891, in-8.

Delachenal. *Histoire des avocats au parlement de Paris*. Paris, 1885, in-8.

Delisle. *Professeurs de droit à Orléans sous Charles V* (Bibliothèque de l'école des Chartes, 1872).

Demay. *Inventaire des sceaux de l'Artois et de la Picardie*. Paris, 1877, in-4.

Desmaze. *Le parlement de Paris*. Paris, 1859, in-8.

Douet d'Arcq. *Choix de pièces inédites du règne de Charles VI* (Société de l'histoire de France). Paris, 1863-64, 2 vol. in-8.

Duchesne. *Histoire des chanceliers et gardes des sceaux de France*. Paris, 1680, in-fol.

Fauquembergue (de). *Journal de Clément de Fauquembergue, t. I (1417-1420)*, éd. par Tuetey (Société de l'histoire de France). Paris, 1903, in-8.

Félibien. *Histoire de la ville de Paris*. Paris, 1725, 5 vol. in-fol.

Feron (le). *Les armoiries des connestables, grands maistres, chanceliers, admiraux, maréchaux de France et prévots de Paris*. Paris, 1620, in-fol.

Ferreras (de). *Synopsis historica chronologica de España*. Nueva edicion. Madrid, 1775-1791, 17 vol. in-4.

Fèvre (Jean le). *Chronique de Charles VI*, éd. par Morand (Société de l'histoire de France). Paris, 1876, 2 vol. in-8.

Guérard. *Cartulaire de Notre-Dame de Paris* (Documents inédits sur l'histoire de France). Paris, 1850, 8 vol. in-4.

HAUREAU. *Jean le Cocq et quelques autres avocats de son temps* (Le Droit, 13 août 1862).

HERMITTE-SOULIERS (de l'). *Les éloges de tous les premiers présidents du parlement de Paris.* Paris, 1645, in-fol.

JAILLOT. *Recherches critiques, historiques et topographiques sur la ville de Paris.* Paris, 1782, 22 vol. in-8.

Journal d'un bourgeois de Paris, éd. par Tuetey (Société de l'histoire de Paris). Paris, 1881, in-8.

JUVENAL DES URSINS. *Histoire de Charles VI*, édition augmentée par Denis Godefroy. Paris, 1653, in-fol.

LONGNON. *Paris pendant la domination anglaise (1420-1436).* Paris, 1878, in-8.

MIRAULMONT (de). *Traicté de la chancellerie.* Paris, 1610, in-8.

MONSTRELET. *Chronique*, éd. par Douet d'Arcq (Société de l'histoire de France). Paris, 1857-1862, 6 vol. in-8.

Ordonnances des rois de France de la troisième race, Paris, 1757-1847, 23 vol. in-fol.

Registre criminel du Chatelet de Paris (6 sept. 1389-18 mai 1392). (Société des bibliophiles de France.)

RELIGIEUX DE SAINT DENYS. *Chronique*, éd. par Bellaguet (Documents inédits sur l'histoire de France). Paris, 1839-1842, 6 vol. in-4.

SAUVAL. *Histoire et recherches des antiquités de la ville de Paris.* Paris, 1724, 3 vol. in-fol.

TESSEREAU. *Histoire chronologique de la grande chancellerie de France.* Paris, 1710, in-fol.

TUETEY. *Testaments enregistrés au parlement de Paris sous le règne de Charles VI.* Paris, 1880, in-4.

VALOIS. *La France et le grand schisme d'occident.* Paris, 1896-1902, 4 vol. in-4.

VARIN. *Archives administratives de la ville de Reims.* Paris, 1839, 4 vol. in-4.

LES DÉBUTS D'HENRI DE MARLE

Il ne nous a pas été possible de préciser d'une façon sûre les origines d'Henri de Marle. Ce qui complique en effet les recherches, c'est d'abord qu'il y avait plusieurs familles portant le nom de Marle (ou Merle), et que tous les auteurs des généalogies ont confondu les unes et les autres, c'est qu'ensuite Henri de Marle ne chercha jamais à mettre en lumière les origines de sa famille et que ses descendants ne remontaient jamais au delà de lui-même.

Son nom même n'est pas précisé : on l'appelle tantôt Henri de Marle ou de Merle, tantôt Henri le Corgne, dit de Marle. Au moment de sa faveur, c'est le premier nom seul qu'on lui donne, au contraire on emploie le second de préférence après qu'il eut été tué, comme si on cherchait par là à le rabaisser encore[1].

Sur les origines d'Henri de Marle, les différentes rédactions peuvent se ramener à deux.

Suivant les uns, il serait le fils de Maur ou Morat de Marle, lieutenant de cent hommes d'armes qui fut tué à la bataille de Poitiers[2], descendant lui-même d'un Jean de Marle qui aurait été prévôt de Paris en 1291.

---

1. *Ordonnances*, t. X, p. 468.
2. Bibl. Nat., Pièces originales, 1860, 42839, p. 322.

Suivant les autres, son grand-père aurait été N. de Marle [1]
qui aurait eu deux fils, Martin de Marle, chanoine de Notre-
Dame de Paris, « dans le logis duquel Charles dauphin de Vien-
nois fit la foy et hommage au roy Jean son pere le jour de la
conception Notre-Dame l'an 1355 » [2], et Arnoul de Marle, chevalier, chambellan du roi l'an 1387 [3], qui aurait été le père
d'Henri de Marle.

Il paraît bien difficile de choisir entre ces deux rédactions :
Jean le Féron [4] il est vrai donne les armes du prévôt de Paris
qui sont exactement les mêmes que celles que porta plus tard
Henri de Marle ; mais cet auteur, qui n'hésite pas à citer le nom
du chancelier de Mérovée, ne mérite qu'une confiance relative.

La première fonction qu'occupa Henri de Marle fut celle de
professeur de droit à l'Université d'Orléans, où nous le voyons
exercer en 1373 [5]. Cette université avait alors la plus grande
réputation et l'on y venait de toutes parts. Un peu plus tard
cependant la discipline s'y relâcha, si toutefois l'on en croit un
contemporain qui déclare que « les escoliers ne portent nulx
livres a l'escole, les docteurs qui soloient lire l'ordinaire par
heure et demie ne lisent pas demi heure et idem des heures des
bachelers ; et si vont les escoliers court vestus par ville, dagues
et cousteaux a la ceincture » [6].

Un manuscrit de la fin du XIVᵉ siècle [7] nous fournit quelques
renseignements intéressants tant sur les travaux de l'Université
que sur plusieurs jurisconsultes qui y professaient du temps de
Charles V et particulièrement sur Henri de Marle. Il porte

---

1. Bibl. Nat., Dossiers bleus, 429, 4113, f. 10.
2. Arch. Nat., MM 821.
3. Arch. Nat., MM 818.
4. Partie des prévôts, p. 6.
5. Delisle, Bibliothèque de l'école des Chartes, 1872, p. 322.
6. Thurot, *ibid.*, 1871, p. 379.
7. Cette copie fut conservée autrefois dans la cathédrale de Tours ; elle est main-
tenant à la bibliothèque de Tours.

comme titre : « Lectura Bertrandi Capreoli super collationes. Item
de stylo curiæ Franciæ. Constitutiones Philippi regis super cor-
rectionem quorumdam in stylo parlamenti »[1]. Ce manuscrit[2]
nous a conservé le texte d'une question que maître Henri de
Marle discuta en 1373 : « Et questionem sequentem disputavit
publice me presente magister Henricus de Malla, licenciatus in
legibus, in scolis domini Bertrandi Capreoli, hora ordinaria, me
presente[3], anno Domini M° CCC° LXXIII° : Fidelis servus
quem constituit dominus super familiam suam vicarium non
occiosum cum uxore domini deprehensum occidit. »

D'Orléans, Henri de Marle vint à Paris, comme avocat. Il
plaidait au parlement dès 1378, car nous voyons le 17 mai, la
cour lui donner « congé d'aler hors » pour deux jours, en même
temps qu'à Pierre l'Orfèvre et à Jacques de Ruilly[4]. Il y plaidait encore en 1391, année pendant laquelle il soutint un procès contre Philippe de Molins, évêque de Noyon, en qualité
d'exécuteur testamentaire de l'ancien évêque Gilles de Lorris.

Très vite Henri de Marle fut un des maîtres les plus réputés
du barreau[5] : il était estimé à l'égard d'Oudard de Molins, de
Jean de Poupaincourt ou de Jean Lecoq. Il plaida même plusieurs affaires de compagnie avec ce dernier, notamment en
1385 au sujet « d'une menue prébende » que se disputaient
deux compétiteurs[6], et en 1389, pour les exécuteurs testamen-
taires de l'archevêque de Reims, Richard de Besançon. Nous
connaissons le montant des honoraires que perçurent les deux
avocats pour cette affaire. Jean Lecoq toucha trois francs et

1. C'est le titre que donne le catalogue de Montfaucon, II, 1274, n° 132.
2. Folios 185-187.
3. Ce témoin est un étudiant du nom d'Anfroid Saisi qui donne sur lui-même les
indications suivantes : et sum Brito, Corisopitensis dyocesis, de villa Ahosie, videlicet
Anfredus Saisiz.
4. Arch. Nat., X¹ᵃ 1471, fol. 42 r°.
5. Hauréau, le Droit, 1862, p. 802.
6. Bibl. Nat., Collection Dupuy, 135, fol. 219 v°.

Henri de Marle deux francs[1]. D'ailleurs ces chiffres ne peuvent pas permettre de se faire une idée de ce qu'Henri de Marle devait gagner par an ; l'ordonnance de 1345 avait porté le maximum des honoraires qu'un avocat pouvait toucher pour une affaire de 3o livres tournois à 3o livres parisis, somme considérable pour l'époque, mais qui dans la pratique était fort souvent dépassée.

Henri de Marle était de plus l'avocat attitré de la ville de Laon : à ce titre, il recevait annuellement une somme de dix francs d'or[2]. Un reçu du 13 mai 1390 porte même encore son sceau : un écu à la bande chargée de trois étoiles, supporté par deux lions, surmonté de la lettre H couronnée[3]. C'était d'ailleurs l'usage que les princes et les villes eussent ainsi pour défendre leurs intérêts devant le parlement de Paris des avocats qu'ils pensionnaient. Jean des Mares, Jean de Fontaine, Jean Lecoq et Pierre L'Orfèvre recevaient chacun 10 livres parisis de la ville de Paris[4] ; Jean Périer touchait 20 livres tournois par an comme avocat de Louis d'Orléans[5].

Les avocats du XIVe siècle n'aimaient guère à plaider contre le procureur du roi : Henri de Marle n'échappait pas à cette règle, et dans une circonstance de ce genre, il fallut un ordre du parlement, dûment constaté par écrit, pour triompher de ses scrupules et le contraindre à être « du conseil du duc de Lorraine contre le procureur du Roy nostre sire[6] ».

A cette époque, Henri de Marle fut choisi par l'évêque de Paris pour remplir les fonctions de bailli[7].

---

1. Varin, *Arch. administ. de la ville de Reims*, p. 731 ; Delachenal, p. 278.
2. *Arch. municip. de Laon*, CC 3o8 et 3i6.
3. Demay, *Inventaire des sceaux de la Picardie*, n° 738.
4. Bibl. Nat., pièces originales, 1845, n° 42 642, pièce 5.
5. *Ibid.*, pièces originales 2235, n° 5o 6o7, pièce 8.
6. 18 juin 1390. Arch. Nat., X[ia] 1475, fol. 75.
7. Delachenal, p. 381 ; Aubert, *le Parlement*, p. 113 ; *Hist. du Parlem.*, t. II, p. 10 ; Guérard, *Cartulaire de Notre-Dame de Paris*, t. III, p. 334.

Il jouait dès lors un rôle assez important pour que l'atten-
·tion du roi se fixât sur lui. En 1390, il recevait mission d'aller
« au pays d'Angletèrre et mener avec lui un tabellion publique »
en la compagnie de Guillaume de Douglas, chambellan du roi.
Il recevait pour ses frais une somme de 240 livres[1].

C'était le moment où les Marmousets étaient au pouvoir. Henri
de Marle se plaça parmi les premiers d'entre eux : d'avocat, il
allait devenir premier président du parlement, puis chancelier.
Dans ces hautes fonctions, il sut se montrer digne de la confiance que le roi lui avait témoignée, il s'efforça d'éviter à la France
le malheur des dissensions intestines, mais, quand il fallut lut-
ter, il le fit avec courage, au péril même de sa vie.

1. La lettre du roi est du 18 septembre 1390. Bibl. Nat., pièces originales, 1858,
n° 13 ; le reçu des 240 livres est du 25 du même mois, *ibidem*, n° 15.

HENRI DE MARLE AU PARLEMENT

Le 29 janvier 1393, Henri de Marle était institué « quart président » au parlement[1]. Il devint troisième président en juin
1399[2]. Comme tel, Henri de Marle devait toucher cinq cents
livres parisis de gages par an, prélevés tant sur le produit des
amendes et des exploits que sur le revenu des sénéchaussées de
Carcassonne, Beaucaire, Toulouse et Macon[3]. Mais ces gages
étaient très irrégulièrement payés ; nous trouvons par exemple
dans le livre de comptes des changeurs du trésor qu'il reçut 800
livres le 31 janvier 1398[4], et le 28 juin de la même année 290
livres 7 sous 10 deniers[5].

Comme président au parlement, Henri de Marle s'occupa des
différentes affaires qui étaient portées devant la cour : c'est ainsi
qu'il participa au jugement rendu contre Pierre de Craon, le 14
juin 1399[6].

A différentes reprises, Henri de Marle fut chargé de missions
ou d'enquêtes par le parlement même : en 1402, il devait ainsi

---

1. Arch. Nat., X¹ᵃ 1477, fol. 193 ; Bibl. Nat., Nouv. acq. franç., 8334, fol. 61 ;
Aubert, *le Parlement*, p. 88.

2. Arch. Nat., X²ᵃ 12, fol. 406.

3. Aubert, *le Parlement*, p. 126.

4. Arch. Nat., KK 15, fol. 3 v°.

5. *Ibid.*, fol. 24 v°.

6. Arch. Nat., X²ᵃ 12, fol. 406 r°.

« aler à la Rochelle en commission », mais il délégua à sa place
son frère, le doyen de Senlis[1].

La même année, il fut envoyé comme commissaire enquêteur
à Amiens avec maître de Biencourt, à la suite du mauvais vou-
loir que mettaient les procureurs de la ville à assurer l'exécution
d'un arrêt du 4 janvier 1382 relatif au gouvernement de la com-
mune[2]. Le bailli reçut même l'ordre de prélever une somme de
cinq cents francs pour rémunérer les commissaires tant de leurs
frais que de leurs bons offices[3]. Le 24 mars 1403, il fut également chargé de faire une enquête au sujet des financiers qui
faisaient des contrats usuraires[4].

Henri de Marle fut mêlé de très près aux difficultés que sou-
leva le schisme en France. Si l'on en croyait Anselme[5], il
fut même envoyé à plusieurs reprises en ambassade auprès de
Benoit XIII à Avignon, mais nous ne savons d'où Anselme a
tiré cette indication que rien par ailleurs ne vient confirmer. Ce
qui est certain, c'est qu'Henri de Marle participa à l'assemblée
qui se tint à Paris en 1398.

Par ses atermoiements continuels, par ses réponses toujours
évasives, Benoit XIII qui, lors de son élection, avait promis de
déposer la tiare à la première mise en demeure, avait fini par
lasser jusqu'à ses derniers partisans. Il sembla même provoquer
le roi, en refusant de proroger, au delà du 1er avril 1398, les
décimes dont le gouvernement royal tirait de si grosses ressources. La réponse ne se fit pas attendre : par lettre du 7 mars,
Charles VI convoqua pour le mois de mai une assemblée du
clergé à Paris afin d'examiner la soustraction d'obédience[6].

L'affluence fut considérable : les membres du clergé virent

---

1. Arch. Nat., X^{1a} 4785, fol. 381 r°.
2. *Ibid.*, X^{1a} 49, fol. 68 v°.
3. De Baye, t. I, 42.
4. *Ordonnances*, t. VIII, p. 574.
5. T. VI, p. 380.
6. Valois, t. III, pp. 151 sqq.

s'asseoir au-dessus d'eux le roi de Navarre, les ducs de Berry, de
Bourgogne, d'Orléans, de Bourbon, le comte de Nevers, le
chancelier.

Après avoir entendu faire l'apologie de la soustraction d'obédience contre laquelle parlèrent quelques défenseurs du Saint-
Siège, Pierre Ravat, Sanche Mulier et Jean de la Coste, le gouvernement fit annoncer l'ouverture du scrutin qui dura du 11
au 20 juin. Il eut lieu de la façon suivante : chaque membre à
l'appel de son nom pénétrait dans la salle du Conseil et en pré-
sence des ducs, d'Arnaud de Corbie, de Pierre de Giac et de
deux secrétaires, prêtait serment, exprimait son avis de vive voix,
puis remettait une sorte de bulletin signé contenant son vote.

Les princes et surtout le duc de Bourgogne désiraient que la
soustraction d'obédience fût adoptée ; mais comme il y avait contre
elle une forte minorité, pour la diminuer, ils firent venir dans
les derniers jours plusieurs officiers royaux, et particulièrement
Henri de Marle. Voici le texte du bulletin de vote de ce dernier :

« De ce que moy, Henry de Marle, president en parlement,
puis dire sur le fait de l'execution de la cession conclue et de-
terminée, consideré que je ne fuy onques appellez ne present ou
la matiere en fust discutée, sous la correction de nosseigneurs
et de tout le conseil, il me semble qu'il seroit expedient, attendu
que de faire substractions au pape les voyes sont plus ouvertes
et plus requises et publiées que onques mais, que incontinent et
sens delay et sans trop grant solempnité ou mise il fust sommez
derechief pour avoir sa finalle entencion ; et se il ne respont plai-
nement ou vueille mettre la besongne en plus grant delay, je
suis d'oppinion que l'en luy substraye premierement les prouf-
fiz et emolumens qu'il prent en ce royaume et semblablement
aux cardinaulz es mains desquelz le scisme a esté trop longue-
ment tenu et par especial quant aux abbayes et priorez et des
revenues d'iceulx qui tiennent en ce royaume, et ce fait pour ce
que l'en pourra veoir quelz manieres eulz et les estrangiers pren-

dront et qu'ils feront et diront, l'en pourra et devra tantost apres proceder a toute substraction contre le pape, ou cas qu'il ne se mettra en accord avec son college et le roy nostre sire. Et suy d'oppinion que, soit substraction particuliere ou generalle que l'en face contre le pape, que semblablement et aussi tost l'en procure contre l'intrus de Romme que les substractions lui soient faictes »[1].

L'opinion de Henri de Marle est intéressante par toutes les conditions qu'il réclame avant d'en arriver à la soustraction d'obédience. Tandis que le duc de Bourgogne était partisan d'une mesure immédiate, le duc d'Orléans se tenait sur la réserve : il avait demandé qu'on intervienne une dernière fois auprès de Benoît XIII, et le vote d'Henri de Marle paraît sur ce point avoir été inspiré par lui. En cette affaire comme en toutes les autres, Orléans et Bourgogne étaient adversaires, et Henri de Marle, comme dans la suite, se range aux côtés du premier.

Le résultat des votes ne fut proclamé que le 28 juillet, à un moment de lucidité du roi : le duc d'Orléans était absent. Le chancelier déclara au roi que l'unanimité moins le duc d'Orléans et seize autres étaient d'avis « de retirer l'obéissance au pape »[2]. En réalité, la majorité pour la soustraction était très faible : cent vingt-trois voix contre près de quatre-vingt-dix. Mais l'ordonnance royale était déjà prête : elle fut aussitôt promulguée.

La mort du premier président, Jean de Poupaincourt, allait placer Henri de Marle à la tête du parlement : Pierre Boschet, le second président en exercice, paraissait tout désigné pour lui succéder ; mais Henri de Marle y fut nommé par le roi[3]. Le parlement aurait pu protester, mais ses prérogatives d'indépendance ayant été respectées par un simulacre de vote, il s'inclina. Sans

---

1. Arch. Nat., J 517, n° 165 ; copie dans J. 518.

2. D'après le récit de l'envoyé castillan, cité par Valois, t. III, p. 173, Charles VI répondit : Bien sabedes, vos, chanceller, que, en tan grand negocio commo este, yo devo creher a mis tios et a los otros.

3. Aubert, *le Parlement*, p. 56 ; de l'Hermite, p. 21 ; Duchesne, p. 15.

doute faut-il voir dans cette nomination la main du duc d'Orléans dont l'influence, à ce moment, était grande. On venait de
le voir à propos des affaires d'Avignon : Benoît XIII après avoir
obtenu d'être, dans son palais pontifical, sous la garde du duc
d'Orléans, s'était enfui à Château-Renard, sur le territoire du roi
de Naples, avec l'aide du représentant même du duc. Le duc
d'Orléans, avec plusieurs prélats, se rendit alors auprès de
Charles VI et obtint de lui la restitution d'obédience : l'acte fut
publié le 3o mai.

Voici comment les registres du parlement racontent la
nomination d'Henri de Marle [1].

« Cedit jour [2], dist au conseil monseigneur le chancellier que
le roy nostre sire avoit donné a maistre Henry de Marle, president in tercio loco, le lieu premier de [3] president qu'avoit feu
messire J. de Poupaincourt, mais afin que les ordonnances de
ceans par lesquelles l'en doit venir par election audit lieus ne
fussent blessées, avoit dit [4] au roy en le remerciant qu'il voloit
bien estre oudit lieu cum benignitate et beneplacito curie ; et
lors ce que dit est, recita ledit Marle en touchant la maniere
comment le roy lui avoit octroyé, car ce avoit esté a la poursuite
de ses amiz et a l'instigation.

« Ce fait, pour ce que messire Pierre Boschet, second présí-
dent, dist que ladicte impetracion et octroy avoit esté faict en
son prejudice et que du stile de ceans et par raison il devoit estre
oudit premier lieu et qu'il s'opposoit, se trairent les dessusdiz
Boschet et Marle arrieres et hors de la chambre, et pour ce
qu'aucuns de mes dessusdiz seigneurs ne vodrent point dire leur
oppinion oudit debat en hault, vint un chascun au giron dudit
monseigneur le chancellier et par maniere d'election dire votum

---

1. Arch. Nat., X[1a] 1478, fol. 112 v°-113 ; X[1a] 4786, fol. 125 ; X[2a] 14, fol. 121 ;
de Baye, t. I, p. 63-65.

2. Le mardi 22 mai 14o3.

3. *Sic.*

4. [Henri de Marle].

et opinionem suam, telement que ledit Marle oudit lieu eut plus
de voix. Et pour ce, ycelz Marle et Boschet rappellez, fu dit
par ledit monseigneur le chancellier que, attendu que ledit
Boschet estoit bien aagiez et foible et maladiz, et ledit Marle
fort et laborieuz, si estoit esleu par la plus grant partie de trop,
nonobstant que toute la court aist molt pour recommendée la
personne dudit Boschet, attendus ses suffisances de science, de
vertus et autres graces dudit Boschet, pour quoi seroit recom-
mandez au roi a ce qu'en autre maniere l'eust pour recommandé. »

Puis, après ces vagues paroles de consolation adressées à
Pierre Boschet, le chancelier installa Henri de Marle qui prêta le
serment accoutumé. Mais le parlement voulut résister quand le
roi donna à Jacques de Ruilly la place de troisième président
qu'avait occupée Henri de Marle, au détriment de Robert Mauger;
néanmoins cette fois encore il dut s'incliner.

D'ailleurs on considéra qu'Henri de Marle avait été régulièrement élu, à tel point qu'à la fin du xve siècle, cette élection
devait être citée comme exemple : à la mort du premier président Jean de la Vaquerie, Jean le Maître, premier avocat du
roi, requit que son successeur fût régulièrement élu, comme
cela s'était fait. Le procureur général soutint au contraire que
le roi seul avait le droit de le nommer. Pour trancher le différend,
on fit apporter les registres de 1402 et 1412 et l'on constata
qu'Henri de Marle ainsi que Mauger qui le remplaça avaient été
élus. Le parlement, fort de ce précédent, procéda donc au vote,
mais Charles VIII n'en tint aucun compte [1].

Quelques jours après qu'Henri de Marle eut été ainsi nommé
premier président, la faveur du roi se manifesta à nouveau à
son égard : il fut fait chevalier le jour de la Pentecôte, et à cette
occasion le roi lui fit don « d'une selle bordée doz blanc devant

1. Arch. Nat., X[1a] 1503, fol. 195-196 ; Aubert, *le Parlement*, t. I, p. 58 et 175.

et derrière sur les montées et au long du siège », d'un « harnois
de cuir de Hongrie a IIII pendans d'un costé » [1] et d' « une paire
d'esperons dorez garnis sur soie » [2]. Pour sa « chevalerie » Henri
de Marle reçut en outre une rente de 5oo livres tournois sur la
recette de Paris [3].

Comme premier président, Henri de Marle touchait 1 000
livres parisis de gages par an [4] ; à diverses reprises, il dut également recevoir des dons du roi : nous en avons la preuve en 1411,
où le roi donne ordre de lui délivrer, le 16 juin, 200 francs pour
tenir honorablement son état [5].

La générosité du roi s'étendait également aux membres de sa
famille : le 29 décembre 1408, le roi fait donner 3oo francs à
Jean de Marle, fils d'Henri « en contemplacion de sondit
père » [6].

Henri de Marle inaugura sa présidence en allant, suivant
l'usage, « convoier a cheval le corps de messire J. de Poupaincourt », son prédécesseur, « jusques hors de la porte Saint
Deniz » [7].

Ses fonctions consistaient à présider le parlement ; il devait
notamment assister à la séance solennelle de rentrée, qui avait
lieu le lendemain de la Saint-Martin d'hiver, et à cette occasion,
il était d'usage qu'il offrît un dîner à tous les membres de la cour [8] :
Henri de Marle ne manqua pas de s'y conformer. Nous savons
même qu'en 1406, à la suite de ce repas, le greffier, Nicolas de
Baye, fut pris « d'un flux de ventre qui pendant V jours l'a tenu

1. Arch. Nat., KK 35, fol. 85 r°.
2. *Ibid.*, fol. 86 v°. Les éperons valaient quarante sous tournois; la selle et le har-
nais sept livres dix sous.
3. Coville, *L'ordonnance cabochienne*, p. 25.
4. Aubert, *le Parlement*, p. 126 ; Desmaze, p. 142.
5. Bibl. Nat., Pièces originales, 1858, pièce 33.
6. *Ibid.*, pièce 26.
7. Arch. Nat., X[la] 1478, fol. 113 r°.
8. Aubert, *le Parlement*, p. 75.

avec une autre maladie du stomac qui pendant XII jours en
grant necessité l'a tenu » [1].

Henri de Marle était très assidu aux séances ; il ne les man-
quait que lorsqu'il était envoyé, comme nous le verrons plus
loin, soit en mission à l'étranger, soit à l'Échiquier de Normandie. Il donna même une preuve toute particulière de son
zèle au mois de janvier 1408 : la débâcle des glaces qui avait
emporté les ponts sur la Seine empêchait toute communication
avec la Cité ; on ne pouvait « venir au palaiz ne en la chambre
de parlement seurement pour le grand exces de la riviere qui
s'estendoit en plusieurs rues molt impetueusement ». Malgré
ces difficultés, le premier président continua à se rendre au
Palais, ainsi que deux ou trois autres conseillers [2].

Henri de Marle eut ainsi à présider plusieurs affaires impor-
tantes : citons par exemple l'affaire du chevalier de Savoisy dont
les gens avaient attaqué des suppôts et des étudiants de l'Université de Paris ; Henri de Marle prononça, le 23 août 1404, la sen-
tence qui le condamnait à avoir sa maison démolie et à payer
100 livres de rente amortie [3].

Il pouvait parfois n'être pas sans danger de rendre la justice,
lorsqu'un grand seigneur était menacé par elle : en 1408, le parlement avait reçu une plainte contre le duc de Berry au sujet
d' «une juesne fille, d'environ VIII ans, née de Bourges, de bour-
goisie, que voloit marier icellui duc a un peintre alemant qui
besoignoit pour lui en son hostel de Vincestre lez Paris, contre-
disant la mere et autres amis, comme l'en disoit ». Le duc tenant cette jeune fille enfermée en son château d'Etampes et ayant
chassé un huissier du parlement qui venait la chercher, « on
avoit adjorné les desobeyssans ceans ». Irrité de voir qu'on osait
s'en prendre à lui, le duc avait envoyé des lettres au premier

<hr>

1. Arch. Nat., X[1a] 1478, 296 r°.
2. De Baye, t. I, p. 213.
3. *Ibid.*, t. I, p. 113.

président « contenans que se pranroit a sa personne et a ses biens, se la chose prenoit autre conclusion qu'il n'eust ordonnée ». Le parlement après avoir fait « partir les advocas, procureurs et autres estans aux plaidoiries » décida d'envoyer plusieurs conseillers auprès du duc pour « le desmouvoir » bien qu'Henri de Marle s'offrît courageusement à y aller lui-même[1].

Le premier président exerçait encore certaines fonctions attachées à sa charge : c'est ainsi que depuis 1406, il avait la surveillance du collège de Dormans et la collation des bourses, « juxta accordum in curia dudum passatum[2] ». Henri de Marle s'en occupa très régulièrement[3].

A plusieurs reprises, Henri de Marle fut chargé par le roi d'aller présider l'Échiquier de Normandie, notamment en 1407[4], en 1408[5] et en 1409[6]; même en 1407, son absence ne fut pas sans soulever au parlement « un grant murmure », car à la séance de réouverture, le 12 novembre, aucun des présidents n'était là : Henri de Marle présidait l'échiquier de Normandie, Pierre Boschet était malade, Imbert de Boisy présidait les grands jours en Anjou, Jacques de Ruilly était en commission « pour gentilx hommes » en Anjou, et enfin Robert Mauger qui venait d'être nommé cinquième président[7] « pour ayder et suppléer les défaus qui pourroient avenir » était lui-même en commission en Poitou et en Anjou.

Chaque fois qu'il allait présider l'échiquier, Henri de Marle touchait des gages supplémentaires ; en 1407, ceux-ci étaient fixés à 4 francs d'or par jour[8], mais sur ses réclamations, il lui fut

---

1. Arch. Nat., X[1a] 1479, fol. 50-51 ; publié dans Douët d'Arcq, t. I, p. 313.
2. Arch. Nat., X[1a] 1478, fol. 250 v° ; de Baye, t. I, p. 149.
3. P. e., 12 juin 1412. Arch. Nat. X[1a] 1479, fol. 203 v° ; de Baye, t. II, p. 68.
4. Bibl. Nat., Pièces originales 1858, part. 42839, pièce 21.
5. *Ibid.*, pièce 25.
6. De Baye, t. I, p. 296.
7. Jusqu'alors il n'y avait eu que quatre présidents.
8. Bibl. Nat., Pièces originales 1858, 42839, pièce 22.

alloué 5 francs [1] : nous le voyons, en effet, en 1407, donner
une quittance de 300 livres tournois pour 60 jours du 10 octobre
au 9 décembre [2], et en 1408, deux autres, l'une de 74 livres
parisis [3], l'autre de 360 livres tournois [4].

Henri de Marle fut toujours le défenseur des droits et prérogatives du parlement : il le montra à deux reprises différentes.
Une première fois, il prononça un arrêt, réservant le titre de
greffier au greffier de la cour, arrêt dans lequel on peut voir la
haute idée que le parlement avait de son rôle et la prépondé-
rance qu'il entendait exercer. L'arrêt déclarait, en effet, que « la
court de ceans estoit souveraine court du royaume et si notable
que chacun veoit et savoit et pour ce appartenoit bien que les
offices de la court eussent preeminence et auctorité singulière,
tant en nom que autrement d'entre tous autres, et pour ce, que
nul lieu hors ceans n'avoit ne ne devoit estre aucun qui se doie
appeller graphier et que nul ne doit estre appellé graphier sinon
le graphier de ceans, si defendi a tous clers que nul ne se appel-
last doresnavant graphier, alias la court le punira, et pareille-
ment que autres sergens d'autres chambres ou cours de justice
ne se appellassent huissiers hors les huissiers de ceans [5] ».

Une seconde fois Henri de Marle défendit les prérogatives du
parlement, même contre son propre intérêt. En 1406, en effet,
le chancelier voulut lui donner le droit de suspendre ou de des-
tituer les conseillers négligents. Un conseiller, Robert Mauger
fit entendre une protestation indignée en disant que « les presi-
dens n'estoient que membres de la court comme les conseillers,
et comme il ne peussent suspendre ne priver le moindre procureur de ceans, mais la court, par plus fort raison, ne povoient ne
ne devoient suspendre lesdiz conseillers de leurs offices, attendue

1. Bibl. Nat., Pièces originales 1858, pièce 32.
2. *Ibid.*, pièce 24.
3. *Ibid.*, pièce 29.
4. *Ibid.*, pièce 30.
5. Arch. Nat., X¹ᵃ 1478, fol. 239 v°, publié par Aubert, *le Parlement*, p. 273.

aussi l'auctorité, noblesse et preeminence desdiz conseillers toute
notoire et l'auctorité souverainne de ceste court qui estoit com-
munément nommée fonteinne de justice... » Henri de Marle dé-
clina pour lui-même l'autorité nouvelle que le chancelier voulait lui conférer et parlant au nom des présidents, il déclara
« qu'ils ne tendoient tousjours que a paix et ceste est la fin de
la court et d'eulx, quia opus justitie pax, ne ne se voloient
point donner l'auctorité contenue en ladicte. lettre, quia scrip-
tum est, constitui te unum ex illis non extollaris, en soy excu-
sant et en disant que par eulx, ne a leur instance, ne en leur
presence, ne par leur conseil, ladicte lettre n'avoit esté empetrée
ne faicte [1] ».

Henri de Marle qui déjà une première fois, en 1398, avait été
appelé à donner son avis dans les affaires du schisme, y fut encore activement mêlé en 1410 et en 1412.

La France qui avait pris une grande part au concile de Pise
voulait assurer l'union ; mais la Castille et l'Aragon continuaient
à obéir à Pierre de Luna. Charles VI envoya au roi d'Aragon
une ambassade [2] à la tête de laquelle était Henri de Marle « pour
aucunes grandes et grosses besongnes touchans le fait de l'église,
la personne royale et l'intérêt de la France [3] ». Henri devait
pendant la durée de son absence toucher 10 francs d'or par jour ;
il reçut d'avance 1200 livres tournois, pour quatre mois [4]. La
mort du roi d'Aragon étant survenue sur ces entrefaites, les
ambassadeurs envoyèrent à Charles VI un chevaucheur, Sarrazin
Warrembourg ; pour le récompenser d'être venu « hastivement »,
Charles VI lui fit compter 20 livres [5]. D'après Besse [6], les ambassadeurs restèrent en Aragon après la mort de Martin jusqu'au

1. Arch. Nat., X¹ᵃ 1478, fol. 254 r° ; de Baye, t. I, p. 150-153.
2. Ferreras, VI, 142-154.
3. Bibl. Nat., Pièces originales 1858, pièce 27.
4. *Ibid.*, pièce 28.
5. Valois, t. IV, p. 147.
6. p. 81.

début de 1411 pour soutenir les prétentions de Yolande d'Anjou, femme de Louis II d'Anjou : ce qui est certain, c'est qu'Henri de Marle était encore en Aragon, le 13 septembre 1410[1].

En 1412, Henri de Marle fut appelé à défendre très fermement les droits du parlement contre les prétentions du légat du pape, le cardinal de Pise. Le cardinal dans une lettre adressée au secrétaire du pape, après avoir rappelé que le parlement prétendait être de droit exempt de la décime et réclamait pour ses membres les bénéfices vacants, ajoutait : « ... et deus scit quantum ecclesiastice jurisdictione quotidie usurpant, de omnibus causis ecclesiasticis possessoriis indistincte cognoscunt inter personas ecclesiasticas... »[2]. C'était là tout le conflit entre la justice civile et la justice ecclésiastique.

Sous la présidence d'Henri de Marle, il fut décidé qu'un avocat du roi « proposerait » au Conseil contre le cardinal de Pise, ce qui eut lieu le 18 février. Le cardinal essaya de s'excuser. Mais Henri de Marle se chargea de lui répondre ; il rappela que la cour avait toujours servi l'Église « mesme es temps de substraction et neutralité derraines et pour ce semble que l'en doit avoir grant faveur et regart a icelle court » ; puis il déclara l'étonnement de la cour en voyant ce que le cardinal « avoit escript, qu'ils ont celé et gardé le plus secretement qu'ont peu ; mais pour ce que regardoit l'onneur du Roy et leur conscience et pour ce que par dela avoit esté sceu et publié ce que escript estoit, ont volu adviser de ce le roy a qui il touche principaument »[3]. Et le lendemain le parlement délibéra de demander au roi d'écrire au pape à ce sujet tout en sollicitant « que le pape pourvoie tres especiaument aux gens de parlement de bonnes dates et prerogatives, car ils sont les plus especiaulx clers du Roy[4] ».

1. De Baye, t. I, p. 134.
2. *Ibid.*, t. II, p. 48.
3. *Ibid.*, p. 55.
4. *Ibid.*, p. 56.

Depuis l'assassinat du duc d'Orléans (23 novembre 1407), la
guerre civile était ouvertement déclarée : Armagnacs et Bourguignons avaient pris les armes. La réconciliation de Chartres
(9 mars 1409), puis l'accord de Bicêtre (2 novembre 1410)
n'avaient servi qu'à permettre aux deux partis de se constituer
plus solidement. Les Bourguignons s'introduisaient dans le
Conseil royal ; le 4 juillet, le duc d'Orléans adresse au duc de
Bourgogne un défi injurieux ; Jean sans peur le relève : « Toi
et tes frères avez menti et mentez faussement et déloyalement
comme trahisseurs que vous êtes ». La guerre civile était devenue
inévitable.

Henri de Marle, dont les sympathies pour les Armagnacs
étaient bien connues, s'efforça de contribuer à éviter les mal-
heurs qui allaient fondre sur le royaume : il prend part le
17 juillet 1411 au Conseil à Saint-Pol[1]; il suit également, le
9 septembre, la grande procession, où les chapelains et les cha-
noines de la Sainte-Chapelle, nu-pieds, entourés des Bernardins,
des Mathurins, des Carmes et de tous les membres du parlement
portèrent « la vraye croix de ladicte Saincte Chapelle » jusqu'à
Saint-Germain-l'Auxerrois « pour la paix des seigneurs du sanc
du roy nostre sire qui estoient en grant division en faisant guerre
les uns aux autres »[2]. Le 14 novembre, le prévôt des marchands
ayant demandé au parlement de contribuer à la défense de
Paris, Henri de Marle donna quarante livres parisis[3].

Le 6 janvier, le dauphin vint au Parlement accompagné du
duc de Bourgogne, de plusieurs seigneurs et du chancelier. Le
dauphin s'assit tout seul « ou haut siège des clers, comme en la
place du secont president, son siege affaitié et paré comme une
chaiere, et dessus sa teste un petit ciel ». Henri de Marle prit la
parole et il demanda que le parlement pût rendre justice :

1. De Baye, t. II, p 18.
2. Arch. Nat., X¹ᵃ 1479, fol. 172 r° ; de Baye, t. II, p. 121.
3. De Baye, t. II, p. 33.

« comme la cité de Romme avoit esté non pas seulement edifiée
de edifices, mais fondée pour faire justice de cent vaillans
hommes appellez senateurs, aussy avoit esté ceste court ordonnée et establie pour faire justice par cent personnes qui font le
parlement... Vray est que, pour les turbations et empeschemens
qui ont esté et sont en ce royaume, notoirement ont été depuiz
aoust jusques a cy empeschées les plaidoiries ». En conséquence, Henri de Marle demande au dauphin et aux princes
« qu'ils tiegnent la main a la justice et qu'ils facent publier que
leur entention est que justice soit faicte et exercée ». En con-
cluant, il demande aux princes que « s'aucune parole sinistre est
dicte » contre un officier de justice, ils n'y ajoutent pas foi
avant de l'avoir entendu[1]. En adressant cette demande, peut-
être Henri de Marle songeait-il à lui-même, car il ne devait
pas être très rassuré sur les intentions du duc de Bourgogne à
son égard.

En 1412, le roi et le dauphin complètement dominés et gou-
vernés par le duc de Bourgogne, le chargèrent de mettre les
Armagnacs à la raison ; au mois de mai, Charles VI lui-même
se joignit à l'armée de Jean sans peur qui marcha sur Bourges,
capitale des domaines du duc de Berry ; mais le 12 juillet
les hostilités furent suspendues. Les princes décidèrent de se
réunir à Auxerre ; Henri de Marle y fut délégué par le Parlement,
avec six autres conseillers et il rendit compte de son mandat devant les membres du parlement assemblés en la grand chambre,
le 27 août suivant. Il raconta « que le xviiᵉ de ce present moiz
d'aoust, lesdiz duc d'Orleans, le conte de Vertus et le duc de
Bourgoigne, en la cité d'Aucerre, en plain conseil, ou presidoit
monseigneur le dauphin, aiñsné filz du roy, presens les pers de
France, les ducs de Berry, de Bourbon, de Bar et pluseurs
autres seigneurs du sanc royal, barons, chevaliers, escuiers,

1. De Baye, t. II, p. 43.

bourgois des bonnes villes et les messages de l'Université de Paris et conseilliers royaulx, tous en moult grant nombre, lesdis seigneurs dessus nommez firent, promitrent et jurerent solennelment, les sains Evangiles et la croix touchez, paix entre eulx selon la forme de certeinne cedule ilecques leue... »[1].

La joie fut grande à la nouvelle de la réconciliation des princes : à Paris, un *Te Deum* fut chanté dans toutes les églises et une procession générale fut organisée « de Nostre Dame a Saincte Geneviève pour mercier Dieu, qui de sa grace a ainsi regardé ce royaume en pitié »[2].

Comme les caisses du roi étaient vides, on décida de convoquer les États Généraux. Ils délibérèrent par province ecclésiastique. Les princes armagnacs craignant un piège n'y étaient pas venus et s'étaient fait représenter par des procureurs.

C'est le duc de Bourgogne qui avait fait convoquer ces États et c'est son influence qui s'y manifesta. L'abbé de Moutiers Saint-Jean, un de ses conseillers, fit un violent réquisitoire contre le gouvernement royal. Il ne suffit pas, disait-il, de réformer les petits, mais il faut commencer aux grands et secouer la cour du Parlement tout premièrement où il y en a plusieurs qui ne valent rien. Henri de Marle était du nombre, et l'un des principaux visés : dans les doléances présentées par la ville de Paris et l'Université, qui remplissaient un rouleau de parchemin « gros comme le bras d'un homme », on lui reprochait de s'occuper beaucoup trop de ses intérêts et de ceux de sa famille et notamment d'avoir fait entrer au Parlement huit personnes de sa famille, alors qu'il suffisait de dix pour faire un arrêt[3].

Si l'on en croit Monstrelet, Henri de Marle se sentit très menacé et craignit même d'être arrêté. Mais il se tira d'affaire et fit

<hr>

1. Arch. Nat., X[1a] 1479, fol. 212 v°.
2. *Ibid.*
3. Marion, dans Bibl. Ec. Chartes, 1844.

tant auprès du roi « par ses belles paroles qu'il fut content de
lui, moiennant qu'il lui promist paier une grosse somme d'argent
dedens brief terme » [1].

L'arrivée au pouvoir des Bourguignons et la mainmise des
Cabochiens sur Paris n'étaient pas faites pour rassurer le premier président ; mais, lors du retour des Armagnacs, il devait
être récompensé de sa fidélité, par sa nomination au poste de
chancelier du royaume.

1. Monstrelet, *Chron.*, t. II, p. 333.

HENRI DE MARLE, CHANCELIER

Le régime de terreur que les Cabochiens avaient instauré à
Paris ne pouvait durer longtemps, la bourgeoisie le supportait
avec peine. Les conférences de Pontoise (juillet 1413) préparè-
rent leur ruine ; le 4 août, leur tyrannie avait pris fin.

La réaction commença aussitôt : il y eut beaucoup d'empri-
sonnements, plusieurs exécutions. Enfin les grands offices furent
pourvus de nouveaux titulaires : c'est ainsi qu'Henri de Marle,
sur qui le parti armagnac savait pouvoir compter, devint chancelier, à la place d'Eustache de Laitre que la faction cabochienne
avait porté à ce poste et qui en exerça les fonctions pendant deux
mois environ. Il fut préféré à l'ancien chancelier, Arnaud de
Corbie, qui parut trop âgé pour pouvoir fournir le travail actif
que l'on entendait demander au chef de la chancellerie [1]. Voici,
d'après les registres du Parlement, comment se passa l'élection
d'Henri de Marle [2] :

« Cedit jour [8 août 1413], toute la court ala a Sainct Pol,
pour eslire un chancelier ou lieu de maistre Eustace de Laitre
qui avoit esté par environ ung mois chancellier ou lieu de messire Arnault de Corbie qui l'avoit esté par environ XXV ans...

---

1. Arnaud de Corbie était « si imbecille et foible qu'a grant peine povoit il aler ne
venir » ; il devait d'ailleurs mourir peu après le 24 mars 1414, à l'âge de 88 ans.
Arch. Nat., X¹ᵃ 1479, fol. 257 r° ; P 2298, p. 35.
2. Le chancelier était ainsi élu depuis 1372.

Et a esté tenue ceste forme a ladicte eslection. Li roy nostre sire
entra apres sa messe finée en sa chambre de conseil entre IX et
X heures ; survindrent messires les ducs de Berry et de Bour-
gogne, et iceux venus, par le commandement du roy se departirent et alerent hors tous, hors le roy, lesdictz ducs et moy
N. de Baye graphier de ceste court et l'un des secretaires du roy
qui fu appellé. Et me furent baillez le messel et la vraye croix
richement envaiselée pour faire jurer au scrutine celx qui esliroient sur lesditz evangile et vraye croix. Et les huiz clos, furent
appellez par messire Anthoine de Craon qui gardoit l'uiz, premierement le dessusdict messire Arnault de Corbye, nagueres
chancellier, lequel et tous les autres seigneurs qui survindrent,
c'est assavoir le grand maistre de Rodes, l'arcevesque de Bourges,
l'evesque de Beauvaiz et autres barons, chevaliers et conseillers
tant de parlement que des comptes jusques au nombre de IIII^{xx}
et X ou environ je fiz jurer par le comandement du roy, moy
estant a ses piez, un chascun successivement appellé selon son
ordre par ledict de Craon par la maniere qui s'ensuit, lesdicts
saincts evangile et croix touchées : Vous jurez aux saincts evangiles et sur la vraie croix qui ici sont, que bien et loyaument
conseillerez le roy nostre sire ou cas present de ceste eslection
et nommerez a vostre loyal povoir, sans faveur desordonnée et
sans hayne, bonne personne, ydoine et convenable pour exercer
l'office de chancellier. Et ledict scrutine commencié et fait pour
la VIe partie ou environ, survindrent messeigneurs le dauphin,
le duc de Bar, et messire Loiz, duc en Baviere, frere de la royne
qui furent audict scrutine faire, et tous les dessusdicts estant
dehors appellez, scrutinez et oiz l'un apres l'autre, ut moris est,
firent les dessusdicts ducs successivement pareil serment et nommerent chacun tel que bon leur sembla, et apres tous aussi
nomma le roy et donna sa voix a celuy qu'il volt. Et telement
que tout par moy enregistré et aussi par ledict secretaire et les
voix comptées, fu trouvé que messire Henry de Marle, premier

president ceans, avoit trop plus de voix que nul. Si me commanda le roy que, les huis dudict conseil ouvers et tous ceux qui wodrent entrer entrez, je publiasse ledict scrutine. Si le publié, en disant tout haut : il plait au roy nostre sire que ce scrutine par luy fait soit publié, ouquel messire Henry de Marle dessusdict a eu XLIIII voix, maistre Simon de Nanterre, president en parlement XX, J. de Saulx, chancelier de Bourgoigne VI, et ledict messire Arnault de Corbye XVIII[1]. Vrai est, diz-je, que s'il peut ancores exercer ledict office, mesdicts seigneurs les elisans se fussent arrestez a luy plus qu'a nul autre, toutevoie non obstant sa foiblesse ancores se arrestent lesditz XVIII. Ce fait, conclu le roy et s'arresta audict Marle et le charga dudict office. Ledict Marle respondi qu'il estoit po suffisant pour ledit office et miex le congnoissoient autres que soy mesme, et combien que aucuns grans hommes au temps jadis eussent refusé offices publics, les autres les eussent receuz, comme Jeremie qui les refusa pour vaquer a contemplacion et Ysaie les receut pour laborer au bien public, luy qui avoit tousjours laboré en son temps au fait de justice et qui avoit bonne volenté de bien et tousjours bien et loyaument servir le roy, acceptoit ledict office en suppliant audict seigneur qu'il lui pleust avoir pour recommandé et le benignement supporter a ce commencement. Si le fit approcher le roy et fit le serment qui s'ensuit et lequel je leu tout hault audict premier president en ceste manière : Sire, vous jurez au roy nostre sire que vous le servirez et conseillerez bien et loyaument, a l'honneur et au prouffit de lui et de son royaume, envers tous et contre tous, que vous lui garderez son patrimoine et le prouffit de la chose publique de son royaume a vostre povoir, que vous ne servirez a autre maistre ou seigneur que a lui, ne robes, pensions ou proufit de quelconque seigneur

---

1. Aubert, *le Parlement,* p. 88, dit que Henri de Marle eut 42 voix et Arnaud de Corbie 16.

ou dame que ce soit ne prendrez doresenavant sans congié ou licence du roy, et que de lui vous n'empetrerez par vous ou ferez empetrer par autre licence sur ce, et se d'aucuns seigneurs ou dames avez eu ou temps passé ou avez presentement robes ou pensions, vous y renonciez du tout, et aussi que vous ne prendrez quelconques dons corrompables, et ainsi le jurez vous par ces sains evangiles de Dieu que vous touchiez. Lequel messire Henry de Marle respondi : Ainsi le juré-je, mon tres redoubté seigneur. Et ce fait, se leva le roy et les autres seigneurs et se partirent du Conseil[1]. »

Le lendemain même de son élection, le nouveau chancelier vint au Parlement exposer que le roi entendait que maître J. de Wailly, avocat, puis chancelier du duc de Guyenne fût nommé quatrième président ; mais le parlement ne voulut pas laisser empiéter sur ses privilèges, il rappela que « des offices de ceans par especial se devoit faire election par voie de scrutine », que de Wailly ne pouvait donc être nommé de cette façon « mais que l'auroient bien pour recommandé comme bien le valoit quand l'en feroit election ». L'élection eut lieu trois jours après, de Wailly n'eut pas la majorité, mais le roi interrogea alors le duc de Guyenne et plusieurs autres seigneurs, jusqu'à ce que de Wailly eût plus de voix que les autres ; le désir du roi était satisfait et le parlement pouvait garder l'illusion qu'on respectait ses privilèges[2].

Jean sans peur, ne se sentant plus en sûreté à Paris, se retira à Lille à la fin du mois d'août. Le 1er septembre, les princes armagnacs, le duc d'Orléans en tête, faisaient leur rentrée à Paris. Le 5, un lit de justice fut tenu au parlement par le roi, accompagné du roi de Sicile, du dauphin, de onze princes des fleurs de lys, du recteur et de maîtres de l'université, du

---

1. Arch. Nat., X[1a] 1479, fol. 257 ; X[1a] 4789, fol. 498 ; P 2298, fol. 9 ; de Baye, t. II, p. 127 ; Aubert, *le Parlement*, p. 47 ; Félibien, t. II, p. 771.
2. Arch. Nat., X[1a] 1479, fol. 259 v°.

prévôt des marchands et des bourgeois tous en hucques violettes, brodées de feuillages d'or et d'argent à l'ortie et chaperons rouges et noirs. Ce fut le chancelier qui fut chargé de prendre la parole. Henri de Marle rappela d'abord les troubles récents, puis il annonça que le roi avait décidé l'abolition des commissions de justice récemment établies : certaines gens, disait-il, égarés par l'esprit de rébellion se sont rendus coupables de lèse-majesté en portant leurs mains sacrilèges sur des princes du sang et d'illustres seigneurs et en les arrachant par la violence de la maison royale pour les jeter en prison. Après cet audacieux attentat qu'il ne faut sans doute attribuer ni aux suggestions ni aux conseils de monseigneur le duc de Bourgogne ou de tout autre prince du sang puisque la honte en aurait rejailli principalement sur eux, ils ont obtenu à force de sollicitations qu'on chargeât des commissaires d'intenter à ces prisonniers un procès extraordinaire sur les prétendus méfaits qu'on leur imputait[1]. Ces commissions étaient définitivement supprimées.

Puis Henri de Marle, au nom du roi, « cassa, revoca, adnulla, abolit et mist du tout au neant certeinnes lettres appellées edits, signées par maistre Guillaume Barraut, lors secrétaire du roy qui s'estoit absenté…, et aussi cassa, adnulla, abolit, revoca et du tout mist au neant et comme nulles declara certeinnes escriptures qui par maniere d'ordonnances avoient nagueres esté faictes par aucuns commissaires, tant chevaliers que escuiers, confessor et aumosnier du roy et II des conseillers de ceans au pourchas d'aucuns de l'université et de la ville de Paris… » D'ailleurs toutes ces ordonnances n'étaient-elles pas nulles de plein droit puisque « sans auctorité deue et forme non gardée, sans les adviser et lire au roy ne en son conseil, ne estre advisé par la court du parlement, mais soudainement et hativement avoient esté publiées et par avant tenues closes et seellées et que

---

1. *Religieux de Saint-Denis*, t. V, p. 152.

ancor y avoit une clause a la fin par laquelle les commissaires dessusdiz se reservoient d'y povoir adjouster a leur adviz et si estoit blessée et diminuée l'auctorité du roy et limitée[1]. » En conséquence, Henri de Marle remit au greffier lettres et ordonnances et celui-ci les déchira devant le roi et les princes. Puis sur une requête présentée au roi par le roi de Sicile et quelques autres princes, le chancelier déclara que le roi annulait toutes les lettres précédemment publiées par tout le royaume au préjudice et contre l'honneur des princes. Enfin comme le sire de Hangest et plusieurs autres seigneurs parlaient également au nom de ceux qui avaient toujours fidèlement combattu pour le roi avec les princes, le chancelier ajouta que le roi voulait qu'ils aient les mêmes privilèges[2].

La réaction fut aussi violente que l'avait été la tyrannie cabochienne[3]. Les bourguignons furent chassés de partout; mais par contre les amis du pouvoir furent comblés de faveurs. C'est ainsi que le 22 septembre, grâce à l'influence du chancelier, son second fils, Arnaud de Marle, fut élu conseiller au parlement « sans scrutine[4] ».

Henri de Marle présida le 13 novembre la séance de rentrée du parlement. A cette occasion il prononça un discours dont il emprunta le thème à Saint Paul[5] : Evigilate et nolite peccare. Il « le deduisy assez brief, en disant que l'en avoit sommeillié ou dormi a faire justice, parce que l'en ne la povoit bonnement faire pour les empeschemens qui avoient esté par avant pour les guerres, noises et divisions qui en ce royaume avoient esté. Et pour ce que nagueres avoit esté faicte paix entre les seigneurs qui entr'eulx avoient divisions, estoit temps de soy eveiller a faire justice et soy garder de faillir contre conscience et contre

---

1. De Baye, t. II, p. 141-142.
2. *Religieux de Saint-Denis*, t. V, p. 154.
3. Monstrelet, t. II, p. 412, et t. VI, p. 219.
4. De Baye, t. II, p. 146.
5. Prima ad Corinthios, XV, 34.

son honneur et eschever trop grant familiarité envers les uns, tenir et garder les secrez, se maintenir honnestement et en gravité convenable à l'estat de céans[1] ».

Les Armagnacs étaient partisans déclarés des libertés de l'église gallicane ; ils se posèrent en défenseurs de l'église nationale contre les abus de l'autorité pontificale. Le 8 novembre 1413, Henri de Marle demanda aux membres du parlement d'aviser « en leurs consciences pour l'onneur et prouffit » du royaume « car le pape ne pourvoioit point aux notables hommes de son royaume des prelatures ne des notables benefices de ce royaume, mais les bailloit à ceux qui plus avoient d'argent et telement que comme a l'inquant se bailloient lesdictes prelatures et notables benefices, et par ce se widoit l'or de ce royaume, en tant que puiz IIII ou V ans, l'en trouvoit que l'en avoit porté hors ce royaume a court de Romme bien XXX cent mil escus qui valent III millions[2] ». Le parlement, après en avoir délibéré, décida de conseiller au roi « qu'il face mettre a exécution lesdictes ordenances royaulx au regard de la reduction des franchises et libertez de l'église de France et du Dauphiné quant aux benefices electifz et non cheans en graces communes et expectatives[3] ». Il décida également qu'il serait rigoureusement interdit de laisser sortir de France aucune somme d'argent à l'occasion des bénéfices électifs et qu'une surveillance serait exercée « par des explorateurs... es ports et passages[4] ».

Mais l'arrivée du cardinal de Pise, légat envoyé par Jean XXIII, vint bientôt modifier ces dispositions, et quelques faveurs savamment distribuées refrénèrent l'ardeur des plus gallicans. Il s'empressa de rappeler les bulles pontificales qui mettaient à la disposition du roi un nombre important de bénéfices ; peu après

---

1. Arch. Nat., X¹ᵃ 1479, fol. 276 v° ; de Baye, t. II, p. 159.
2. De Baye, t. II, p. 155 ; Valois, t. IV, p. 220.
3. De Baye, t. II, p. 157.
4. Arch. Nat., X¹ᵃ 1479, f. 272.

(2 avril 1414), l'aîné des fils du chancelier, le jeune Jean de
Marle, était appelé par le pape à l'évêché de Coutances, bien
qu'Ursin de Tarevende eût été élu par le chapitre. Ce dernier
voulut intenter un procès, mais la chancellerie refusa d'envoyer
les lettres de plainte et bien qu'il appartînt à l'université, le recteur déclara qu'elle s'abstiendrait d'appuyer une réclamation
préjudiciable à l'autorité du Saint-Siège.

D'ailleurs le pape n'eut pas affaire à un ingrat : à la fin de
l'année le procureur général eut beau requérir « que le chancellier
seellast certeinnes lettres executoires d'aucunes ordonnances
royaulx sur l'exaction de pluseurs pecunes que l'en levoit et
portoit a la court de Romme de ce royaume », Henri de Marle
qui, un an auparavant avait lui-même dénoncé la vénalité de la
papauté, opposa une fin de non recevoir, répondant qu'il ne
pourrait le faire « jusqu'a ce que le roy sera en santé ou en
point d'entendre a ladicte requeste [1] ».

Le duc de Bourgogne entendait ne pas se laisser évincer du
pouvoir ; le duc de Guyenne lui adressait des lettres éplorées, se
plaignant d'être retenu prisonnier au Louvre. Bientôt Jean sans
peur annonça qu'il allait venir à Paris. Le conseil se réunit à ce
sujet (9 janvier 1414): le chancelier y déclara qu'on voyait avec
peine que le dauphin refusât souvent par négligence d'assister
aux conseils que l'on tenait pour le gouvernement des affaires,
parce qu'il avait autour de lui de misérables flatteurs [2].

Il fut fait défense au duc de Bourgogne de se présenter à
Paris ; et pour pouvoir lui résister, les princes ordonnèrent à
tout le monde de s'armer. Henri de Marle vint au parlement le
5 février, demander « que les seigneurs et autres officiers de
ceans et les advocas et procureurs fussent demain en la court de
S. Magloire, montez bien et competemment et habillez, et aussi
accompaigniez de varlès armez pour accompaigner ledit chancel-

1. Arch. Nat., X¹ᵃ 1480, f. 1 ; Valois, t. IV, p. 220-223.
2. *Religieux de Saint-Denis*, t. V, p. 235.

lier a aler par la ville de Paris, afin de tenir les bonnes gens et habitans de Paris en union et seurté et leur donner bon courage envers le roy pour obvier, se besoin estoit, au duc de Bourgoigne ». Mais les membres du parlement « ont ressoigné » déclarant qu'ils n'avaient pas coutume « d'aler armez, ne de chevaucher par ville, senon sur mules a venir au palais ». Enfin ils se décidèrent et accompagnèrent Henri de Marle à travers Paris[1].

Mais pour résister aux Anglais et au duc de Bourgogne, il était nécessaire d'avoir de l'argent. Le 15 mai le chancelier vient au Parlement exposer « la necessité d'avoir argent prompt pour pourveoir a resister aux adversaires d'Angleterre qui se mettent ou sont desja mis sus pour grever ce royaume, et a certains bannis et autres gens de compaigne qui soubz umbre du duc de Bourgongne, font plusieurs maulx en cedit royaume » et en conséquence il demandait à la cour de fournir de l'argent au roi « par prest ou autrement »[2]. Onze jours plus tard, le parlement décide pour sa part de prêter 2 000 francs[3]; les avocats et les procureurs avancent aussi de l'argent. D'ailleurs Henri de Marle avait lui-même donné l'exemple; le 14 avril précédent, il avait emprunté à Gauvain Trente, solidairement avec le connétable, pour les besoins du gouvernement, 4 000 livres remboursables fin juin. Ce marchand avait reçu en nantissement plusieurs joyaux et notamment le rubis balais d'Orange et le saphir de Melun[4].

Au mois de juin, arrivèrent à Paris les ambassadeurs des quatre membres de Flandre. Ce fut Henri de Marle qui fut chargé de les recevoir au nom du roi. Après un long éloge de Charles VI, il leur rappela les honneurs qui avaient été accordés au

<hr>

1. De Baye, t. II, p. 164-166 ; Monstrelet, t. II, p. 421-425 ; *Journal d'un bourgeois de Paris*, p. 47.

2. Fauquembergue, t. I, p. 15.

3. *Ibid.*, p. 19.

4. Arch. Nat., J 426, n° 35[6].

duc de Bourgogne, la trahison de celui-ci, devenu l'assassin du
duc d'Orléans : puis il leur annonça que Charles VI avait levé
des hommes d'armes pour reprendre les villes que le duc occu-
pait contre la volonté royale. En conséquence il invitait les ambassadeurs à rester fidèles au roi et à ne prêter aucun appui au
duc rebelle, leur promettant en échange de maintenir et d'aug-
menter les libertés du pays[1].

L'invasion anglaise allait se joindre aux difficultés de la guerre
civile : le 25 octobre 1415, plus de sept mille hommes d'armes,
tous de la noblesse, trouvaient la mort sur le plateau d'Azin-
court. Jean sans peur menaçait Paris.

1. *Religieux de Saint-Denis*, t. V, p. 352 sqq.

LA MORT D'HENRI DE MARLE

En 1417 la situation était désespérée : Henri V était maître de la Normandie ; de son côté Jean sans peur marchait sur Paris avec toutes ses forces. Les Armagnacs étaient à bout de ressources. Pourtant on crut à un moment que la paix était prochaine : une réunion qui avait eu lieu à la Tombe, près de Montereau, avait abouti à une entente ; les cardinaux qui, au nom de Martin V, avaient présidé aux pourparlers, apportèrent la bonne nouvelle à Paris. Mais on apprit en même temps que le connétable s'opposait à la paix et que le chancelier refusait de sceller le traité.

Dès lors, les Armagnacs étaient perdus : Henri de Marle, par ce refus, augmenta encore les haines qui s'étaient accumulées sur sa tête et dont il devait tomber la victime. Le parti bourguignon le rendait en effet responsable de ses échecs : Bernard d'Armagnac, Tanneguy du Chatel et lui étaient « les gouverneurs du roy » « promoteurs et conduiseurs desdictes iniquitez » qu'il était nécessaire avant tout de « chasser et bouter hors du gouvernement »[1].

Voici comment les registres du Parlement racontent l'arrestation et la mort d'Henri de Marle :

Le 29 mai « messires Claude de Chastellux, Guy de Bar,

---

1. Lettre citée dans Jean le Fèvre, t. I, p. 305.

J. de Villiers, sire de l'Isle Adam, chevaliers, serviteurs et officiers du duc de Bourgongne, accompagnez de deux cens hommes d'armes ou environ entre une et deux heures apres mynuit
entrerent en la ville de Paris par la porte Saint Germain des
Pres que aucuns jusques au nombre de ix ou x personnes de
petit estat a l'entreprinse dudit seigneur de l'Isle Adam avoient
secretement ouverte, et s'adreta une partie desdictes gens a l'ostel
du roy a Sainct Pol et la demourerent pour la garde du Roy, les
autres alerent en la rue Saint Honouré pour prendre et arrester
prisonnier le conte d'Armignac... » Après le comte d'Armagnac,
ils arrêterent « messire Henry de Marle, chancelier de France,
l'evesque de Coustances, filz dudit chancelier. » Tous deux
furent enfermés à partir du 6 juin, « en la grosse tour du palais. » Avec Henri de Marle avaient disparu les sceaux de la
chancellerie, de telle sorte que les lettres de provision des nouveaux offices, furent scellées seulement « du seel de secret du roy
pour ce que on n'avoit peu trouver les seaulz de la chancelerie
et n'en savoit dire nouvelles messire H. de Marle... »

Le dimanche 12 juin « entre viii et ix heures apres midi
commença ung grant effray a Paris soubz umbre de ce que on
disoit que a Saint Marcel et pres de Paris estoient venuz et venoient gens d'armes pour favorisier et aidier au conte d'Armaignac qui estoit prisonnier en la tour du palais a Paris et pour
ycellui et les autres prisonniers delivrer et aussi pour grever les
gens du duc de Bourgoigne estans a Paris, pour lequel effray
pluisieurs dessusdiz gens du duc de Bourgoigne et autres des
bourgeois et habitans de la ville de Paris se armerent incontinent et alerent les aucuns garder la porte de Bordelles, les murs
et autres portes de Paris et firent crier alarme par la ville. Pour
quoy les habitans d'icelle ville furent fort esmeuz et effrayés
durant lequel effray pour ce que aucuns publioient que on vou-
loit delivrer de prison ledit d'Armaignac et autres prisonniers
qui lui avoient favorisé si comme on disoit contre le duc de Bour-

goigne et qui avoient esté consentans et coulpables des guerres
et divisions et du petit gouvernement qui avoient esté en ce
royaume et yceulx delivrer et baillier ausdits gens d'armes qui
estoient venuz et venoient devant Paris par la rivière et autrement ; pluisieurs des dessusdits habitans de ladicte ville de Paris
desquelz la plus grant partie estoient gens de petit estat doubtans
la fuite ou delivrance desdicts prisonniers et conte d'Armaignac,
contre les deffenses du sieur de l'Isle Adam et aussi contre le gré
et volenté des gens d'armes estans a Paris, rompirent les prisons
du Palais, de Chastellet, du Temple, de Saint Martin, de Saint
Magloire, de Saint Eloy et toutes les autres prisons de Paris et
tuerent tous les prisonniers estans en ycelles prisons, exeptez
aucuns en petit nombre qui eschaperent d'aventure, et entre les
autres furent tuez et mis a mort ledit conte d'Armaignac, le conte
de Grantpré, messire Henry le Corgne dit de Marle, nagaires
chancelier de France, l'evesque de Coustances, fils dudit de
Marle... et pluisieurs autres jusques au nombre de viii^c personnes et au dessus comme on disoit, lesquelz lendemain furent portez a chartées et enterrez es cimitières des eglises de Paris pour
la plus grant partie et aucuns furent portez et mis en fosses aux
champs et les corps dudict conte d'Armaignac, dudict de Marle
et de Remonnet furent par l'ordonnance d'aucuns du conseil du
roy sequestrez et mis en terre prophane es champs de la cousture
Saint Martin dedens Paris si comme on disoit »[1].

D'après le Religieux de Saint-Denis, le corps de Henri de
Marle resta pendant trois jours exposé dans la cour du palais,
avant d'être inhumé « in terra prophana, scilicet curia Sanctini
Martini de Campis, juxta quoddam sterquilinium fetidum »[2].
D'après Monstrelet, après avoir été traîné durant trois jours
dans les rues de Paris, le cadavre fut « mis sur une cloye à ung

1. Arch. Nat., X^{1a} 1480, fol. 137-138 ; *Religieux de Saint-Denis*, t. VI, p. 234-
247 ; Juvénal des Ursins, 350.
2. T. VI, p. 247.

cheval dehors Paris, et enterrez en une fosse nommée la Lou-
viere » [1].

La haine des Bourguignons le poursuivit même après sa mort ;
il semble qu'on ait voulu lui dénier jusqu'à son titre de chancelier. L'ordonnance qui rétablit la grande boucherie, rappelle
qu'elle avait été détruite malgré l'opposition des intéressés qui
avaient présenté leur ajournement « à feu Henry le Corgne,
dit de Marle, lors soy portant pour notre chancelier lequel
le refusa a seeller » [2]. Sa femme dut s'enfuir à Clermont-
Ferrand ; son hôtel à Paris fut confisqué par le roi qui le donna
au banquier lombard Valentin Ysbarre, en paiement d'une
somme de 1958 livres tournois 10 sous que lui devait Henri
de Marle, plus 241 livres 10 sous que devait le roi. L'acte de
donation porte que l'hôtel « était venu et escheu [au roi] par
la forfaicture dudit Henry de Marle qui, en son vivant, fut
moult affecté a tenir ledit parti contraire et en icele obstinacion
trespassa » [3].

Mais par contre le dauphin n'oublia pas les services qu'Henri
de Marle avait rendus à la royauté et il en reporta toute la recon-
naissance sur sa famille : nous voyons en effet que l'ordonnance
du 21 septembre 1418 qui établit une cour souveraine à Poitiers
pour remplacer le parlement de Paris, cite parmi les membres
qui doivent en faire partie Guillaume de Marle, doyen de Senlis,
et Arnaud de Marle, maître des requêtes [4].

1. Monstrelet, t. III, p. 271.
2. *Ordonnances*, t. X, p. 468.
3. Arch. Nat., JJ, f. 87.
4. *Ordonnances*, t. X, p. 477.

LA FAMILLE DE HENRI DE MARLE

Henri de Marle avait épousé Mahaud le Barbier, dont les armes étaient d'azur à trois abeilles d'argent[1].

Il acquit avec elle par contrat du 15 février 1401 la terre et seigneurie de Versigny, en la châtellenie de Senlis, de Jean de Barly et de sa femme à raison de 1600 écus d'or à la couronne et il en fit hommage au roi le 11 mars[2].

Henri de Marle fut créé chevalier par Charles VI : il portait comme armes d'argent à la bande de sable chargée de trois molettes d'argent[3].

Outre sa seigneurie de Versigny, Henri de Marle possédait un hôtel à Paris : c'était l'ancien hôtel du comte Dammartin « séant en la rue du Conte Dampmartin ayant issue d'un bout en la rue aux Oes, lequel hostel tient tout au long a l'abbaye de Saint Magloire d'une part et d'autre part a Jehan Helias espicier et aux hoirs de feu Pierre Gaultier et du mesme costé tient ledit hostel a deux petites maisons aboutissans audit hostel qui sont des appartenances d'icelui hostel et servent a present a louages et font front en ladicte rue aux Oes devant le Bourg l'Abbé »[4].

1. Bibl. Nat., Cabinet d'Hozier 228, f. 40.
2. Arch. Nat., MM 821.
3. L'Hermitte en donne une jolie gravure ; Duchesne et Jean le Féron également.
4. Arch. Nat., JJ 172, f. 87-88, publié par Longnon, p. 58-61 ; Jaillot, quartier Saint-Jacques-la-Boucherie, t. I, p. 70.

La rue aux Oes ne disparut qu'avec la construction du boule-
vard Sébastopol ; avec elle fut démolie « la fontaine de Marle »
peut-être construite par le chancelier, bien que Sauval dise qu' « il
y a tant de temps qu'on a fait celles [les fontaines] de la Croix-
du-Trahoir, de la Trinité, de Saint-Julien, des Cinq-Diamants,
de la Barre-du-Bec, de la Reine, de la Porte-Baudets et de Marle
que personne ne sait qui les a fait faire » [1].

Henri de Marle, soit comme président du parlement, soit
comme chancelier, touchait des gages très élevés : comme président, il recevait 1 000 livres parisis par an, plus 500 livres pour
sa chevalerie. Comme chancelier, son prédécesseur, Arnaud
de Corbie, recevait annuellement 2 000 livres pour ses gages
réguliers, 2 000 pour ses gages extraordinaires, 2 000 sur les
émoluments du sceau, 2 000 sur les aides, 200 francs pour ses
robes, 500 pour sa chevalerie [2].

L'ordonnance cabochienne réduisit les gages du chancelier,
il ne devait plus rien prendre « fors seulement les deux mil livres
parisis qu'il a acoustumé de prendre ordinairement et d'ancienneté et les deux autres mil livres parisis qu'il prend chascun an
par maniere de pension extraordinaire avec ses autres droits
accoustumez d'ancienneté, et luy défendons que doresenavant il
ne preingne plus aucuns autres prouffits de nous par maniere de
don ne autrement » [3]. C'était encore là un revenu considérable,
et d'ailleurs il est presque certain que Henri de Marle comme chancelier continua à percevoir à peu près autant que Arnaud de Corbie,
sans compter les dons qu'il reçut du roi comme il en recevait
lorsqu'il était au parlement : l'ordonnance cabochienne n'ayant
jamais été exécutée, il touchait toujours comme nous l'avons vu
500 livres « pour sa chevalerie » [4].

1. Sauval, t. I, p. 213.
2. Coville, *Les Cabochiens*, p. 59.
3. Coville, *L'ordonnance cabochienne*, p. 132.
4. Voir p. 19.

Si l'on en croit Anselme, il serait également devenu en 1417 « concierge [1] du palais », fonction très lucrative.

Malgré cela, nous le voyons emprunter en mars 1415 une somme de 1958 livres 10 sous tournois à Augustin Ysbarre, somme pour laquelle il s'obligea sur tous ses biens et héritages [2]. Peut-être d'ailleurs cet emprunt était-il contracté dans l'intérêt de l'état, comme celui qu'il fit en 1417 à Gauvain Trente [3].

La famille d'Henri de Marle profita de sa haute faveur.

Henri de Marle avait un frère, Guillaume [4], doyen de Senlis. Guillaume de Marle devint conseiller aux Enquêtes le 23 décembre 1400 [5], en 1414, il fut élu par 22 voix pour remplacer à la Grand'Chambre Guillaume de Gaudiac [6].

Il fut à différentes reprises chargé de missions diplomatiques : en mai 1414, il est envoyé auprès de Ferdinand d'Aragon en même temps que Jean de la Rochetaillée, patriarche de Constantinople, Jean de Chamberlhac, Guillaume de Hotot et Gérard de Perrière. Le 30 mai, ils sont reçus par le roi, et s'efforcent de l'amener à donner son adhésion au concile [7]. Guillaume de Marle fut également envoyé au concile de Constance par le roi et l'Université de Paris. Il fut chargé, après la déposition de Jean XXIII, de venir en notifier la nouvelle à Charles VI, avec les évêques d'Évreux et de Carcassonne et Benoit Gentien, Jean de Macon et Jacques Despars. Ils s'apprêtaient à franchir la Meuse à Pagny, dans le Barrois, quand ils furent attaqués par une bande de Lorrains et de Bourguignons, et emmenés prisonniers au château de Saulcy d'où ils ne furent délivrés que par le duc de Bar [8].

---

1. Anselme, t. VI, p. 380.
2. Arch. Nat., JJ 172, f. 87.
3. Voir p. 37.
4. Duchesne croit à tort qu'Henri de Marle était le fils unique de Morat de Marle.
5. Arch. Nat., X¹ª 48, f. 261.
6. Arch. Nat., X¹ª 1479, f. 294 r° ; Aubert, *le Parlement*, p. 54.
7. Valois, t. IV, p. 249.
8. *Ibid.*, p. 325.

Henri de Marle eut trois fils et quatre filles.

L'aîné, Jean de Marle, maître ès arts et licencié in utroque, reçut les ordres. Il fut chanoine de Bayeux, puis en 1409, il devint maître des requêtes de l'hôtel, à la demande de « plusieurs seigneurs, prélats et autres de l'hôtel du duc de Berry »[1]. En 1414, comme nous l'avons vu[2], il fut nommé à l'évêché de Coutances et laissa son poste de maître des requêtes à son jeune frère Arnaud. Il fut tué en même temps que son père, le 12 juin 1418, bien qu'il « avoit foison d'or sur lui, lequel il offroit, cuidant pour ce eschapper, mais rien n'y vallut et perdit sa vie et son or »[3].

Le second fils de Henri de Marle, Arnaud, fit également sa carrière au parlement. Le 22 septembre 1413, il y était nommé conseiller « sans scrutine » en remplacement de Oudard Baillet[4]. Un an après, son frère Jean résigna en sa faveur son office de maître des requêtes : il occupa ainsi, quoique laïque, une place de conseiller clerc[5]. Il suivit le dauphin à Poitiers, devint troisième président en 1444 et mourut le 26 avril 1456 en sa maison à Paris, et fut enterré dans l'église des Filles-Dieu[6].

Il avait épousé en premières noces Marie de Ruffay et en secondes noces la fille de Bureau Boucher, conseiller au Parlement, puis maître des requêtes[7].

Le troisième des fils de Henri, Philippe, épousa Jeannette Raguier, fille d'un trésorier des guerres de Charles VI et mourut sans enfants[8].

De ses quatre filles, l'aînée, Marie, épousa le seigneur de Chizy, Jacqueline épousa Pierre Buffière, conseiller au Parle-

1. Duchesne, p. 421.
2. Voir p. 36.
3. Juvenal des Ursins, p. 541.
4. De Baye, t. II, p. 146.
5. Aubert, *le Parlement*, p. 61.
6. Arch. Nat., MM, 821.
7. Didier Neuville, dans *Rev. hist.*, t. VI, p. 279.
8. Arch. Nat., MM 821.

ment, qui mourut en 1420, Anne épousa Jean de Romains, seigneur de Vemars. Quant à la dernière, Hilaire, on trouve à son sujet des renseignements contradictoires, soit qu'elle épousât le seigneur d'Esey en Normandie [1], soit qu'elle mourût sans se marier [2].

Le petit-fils de Henri de Marle, fils aîné d'Arnaud, Henri de Marle, joua lui-même au parlement un rôle important. Conseiller au parlement de Paris en 1442, maître des requêtes de l'hôtel en 1455, Louis XI le nomma en 1462 cinquième président à la Grand'Chambre [3] ; Jean Dauvet, le premier président, protesta ; mais le Parlement estima qu'il n'avait qu'à s'incliner [4]. En 1466 il fut nommé premier président au parlement de Toulouse ; il fut, en cette qualité, le héros et la victime de la lutte que le parlement de cette ville soutint contre la royauté pour faire respecter ses droits : à la suite d'une division survenue à Carcassonne entre les consuls et le menu peuple, Geoffroy de Chabannes, lieutenant du duc de Bourbonnais, gouverneur de la province, avait fait arrêter Guiraut Anglois, défenseur du peuple. Mais l'affaire fut portée à Toulouse : le parlement envoie des commissaires pour ajourner Chabannes. Celui-ci fait arrêter leur chef Bruières. Le parlement, se fondant sur des lettres l'autorisant à faire exécuter ses arrêts à main armée, décrète Chabannes de prise de corps et mande à toutes les villes de s'armer pour délivrer Anglois. La réponse ne se fit pas attendre : Henri de Marle fut destitué, remplacé par Jean de la Vernade, et le parlement fut transféré à Montpellier [5].

Henri de Marle mourut à Paris en 1495. Il avait épousé Jeanne de Cambray, fille d'Adam de Cambray, premier président au parlement de Paris.

1. Bibl. Nat., Dossier bleu 429, p. 4 et 10 ; Arch. Nat., MM 821, p. 152.
2. Bibl. Nat., Cabinet d'Hozier 228, p. 40.
3. Arch. Nat., MM 821, p. 150.
4. Arch. Nat., X1a 1484, f. 226.
5. *Histoire du Languedoc*, t. XI, p. 64-67.

　　　　　　　　HENRI DE MARLE

Citons encore parmi les descendants du chancelier Henri de Marle, son arrière-petite-fille, Claude de Marle, qui épousa le président Augustin de Thou, et la petite-fille de celle-ci qui épousa Achille de Harlay, premier président au Parlement de Paris.

www.ingramcontent.com/pod-product-compliance
Ingram Content Group UK Ltd.
Pitfield, Milton Keynes, MK11 3LW, UK
UKHW020952120726
13693UKWH00004B/1669